紙背の子

透光	歴程595	2015・10
かたかげ	午前十一号	2017・4
紙背の子	現代詩手帖	2016・5
半紙	午前十二号	2017・10
白雲母	午前五号	2014・4
跨線橋	詩客	2012・6
半拍ずらし	現代詩手帖	2015・1
しろい橋場の靈、河口で	現代詩手帖	2013・1
巴文	午前三号	2013・5
紙背の子	午前九号	2016・4
吹きぶり	午前六号	2014・10
赤い耳石、もしくは魂の動き	ユリイカ	2012・10
子魂	現代詩100周年	2015・10
黒猫	午前十三号	2018・4
夕影	午前十四号	2018・10

さみしい　櫻尺42號　2018・11
かげうら　抒情文芸第169号　2019冬
一花　歴程580　2012・7
光のあとさき　櫻尺40號　2014・10
窪んだ葉　歴程584　2013・5
文彩　詩と思想　2012・7
紙背の子　(郵便的)、それ以外の犬たち　2017・4
影青　現代詩花椿賞三十回記念アンソロジー　2012・12
こえ　花椿　2012・11
愛しい光　午前七号　2015・4
半羽　午前八号　2015・10
紙背の子　午前十号　2016・10
白魂　現代詩手帖　2014・1
半色　現代詩手帖　2018・1
紙背の子　歴程601・602　2017・5

紙背《しはい》の子《こ》
著者　高貝弘也《たかがいひろや》
発行者　小田久郎
発行所　株式会社思潮社
一六二 - 〇八四二　東京都新宿区市谷砂土原町三 - 十五
電話〇三 - 三二六七 - 八一五三（営業）八一四一（編集）
FAX〇三 - 三二六七 - 八一四二
印刷　創栄図書印刷株式会社
製本　加藤製本株式会社
組版・装幀　川本要
発行日　二〇二〇年九月二十日

紙背の子

透光

そこに、透《す》かし入り

かみのよの

（……かみのよの、）

浅いあかみの黄色

さしかわし　そのあと、揺れあう
紙背《しはい》の子と

裏の水　もののすみ、

——さようなら

とけこむかげから
かみの、きれはしを
ひかりのなかで

あの　かげの
あわいひの、
浅い　さみしいあさみどりよ

かたかげ

それは遠い日の　水の激《たぎ》ち
しろい幼葉　たえず上下して
あなたは　呼び寄せもせずに
ほうぼうの　あの方々の、かたかげ
忙《せわ》しない　赤い、浮きぼりよ
縁のかたちに　結んでいるという

それは　目もとの間《ま》あいで
花薄《すすき》　花灯り
ああ柔らかい　半双の、瞳は
空鳴り　いきのまに
縁側で　おはじきが、くるくる回って消えた
その光　葉ごもりのなか、揺れているばかり
呼びあうように　あなたは、かたかげとして

紙背の子

子が、紙背からのぞきこんでいる

切れ端が孕《はら》んでいる　かげ
それは　露出しない衣

しろいかみ　ち
ああ　しわくちゃなかみ

国分寺崖線で　春
しゃぶる摘草《つみくさ》を、そそりわけて

言葉の魂《み》か
　息ふきかけると　ふくらんで

卵子のような
その雀斑《そばかす》をおさえながら

——あなたはかわらず　生《き》のままで

喜びも、悲しみさえも
——死んでも　熟《う》れてゆきますように

あの場所の
かたかげ
　　（忘れかけていた……、）
その魂は、薄く霜のおりた早朝のこと
庭の池の縁で
暗くさえた、空の　灰みの青よ
　　　　　　　　（おおきな瞳が
水面に浮かんでいた）
母が泣いていた……

花　ささと揺れあう
それは流れるような、橡《とち》いろの衣
風しみて　耳鳴り
ああ朱鷺《とき》いろの　あなたが、
　父の隣りで

　柊《ひいらぎ》の花
いまだかまびすしいのは、
　　　　　　母のせい

あの魂　光　振りこぼす

半紙

葉のかげで、反照が揺れている

かみかたち　あるいは、かみきり
空の蜜蜂

そこに密かに込められたもの
　やさしい苞に包まれて

淡い青墨色の滲んで、

初夏の光り

――蜂の羽音か
いや　しろいかみが
　揺れているので、
　　遠くから聞こえてくるのだろう……

ひとりでも生きていける

透いた褐色の茎

ふと捥《も》げた、
　ほそい肢
（かみのうらへ）

遠い葉の縁で、
わたしは　生きている

白雲母

………
そうして水皺《みじわ》、
白雲母《しろうんも》
‥
檜《ひのき》

乳酪《にゅうらく》いろの、平石《ひらいし》
子手鞠《こてまり》

銀杏《ぎんなん》の梢《うれ》、揺れて　夕かげ
斜《はす》かいに流れて

残月

うすい幼魚のかげ
白雲母《しろうんも》と水の層のあいだで、

泣いている
泣いている

――わたしはもう　死んでいるのか
それとも死へのあいだを　漂っているのか

性のない子が、　いっせいに
目を閉じて

跨線橋

夕霧に、空き缶けとばした
鳴るあてのない　電話を待ちわびていた
目《ま》な交《か》いで、
いま　あなたと出逢った

かみや
かげうら
あの　うら淋しい猿投《さな》げよ
かなしい黒揚羽《クロアゲハ》
　小闇の静けさがここまで

（そのままあなたを、呼びかけたままで）

忌引《きび》き、水茄子《なす》ややこ
あわい靈 面子《メンコ》
根かたの、屎尿
野味ウイルス
さわがしい、真っ赤な茗荷《みようが》

白褐色に濁った……あの跨線橋《こせんきよう》のうえ、
野の鳥が（しろく）なきたてていた
あなたは、緑《しろ》い耳をそばだてた……

尋ねあっている　頬ずり
雌雄合うことのない貝化石
無償のもの　あなたの薄弱なる、すがた

青灰色の　木靈はねて
躑躅《つつじ》の狂い咲き
生き延びたメダカが　うらの溝をはしるよ

つがいが、（抱卵）
――露のゆかり……
あなたは　あなたを供《ささ》げている

（川向こうのわたしが……、すっと薄くなっている………
　ふいに袋叩きにあう、）

愛してる、あなたを愛している

とてもやさしい、裏かみ
いっきに　肉刺《まめ》が破れている！

半拍ずらし

——あなたは、
性のない子か
（こえだせないで）

透かし　入り、
半拍ずらし
静かな魂の動き

病んだ、白茸　結ばれる
そばで　乳のねばりさえ

黒い犬の影が……
泣きながら、寒い跨線橋へ

——死んでも、あなたを忘れない

代《しろもの》　暁闇に咲き、……沈んで
ああ　こころもとない、……しろものが

乳酪いろの
卵　泳いでいる

それは　傾いた草崖の、あの溜りで

柔らかい
もののすみ、草かげ
（かげ　のすみ）
（ものの　かげ）
（ひ　のすみ）
（ものの　かげ）
ゆきのような
半熟の
かみ

むらがる靈《ひ》　しろく
ああ　穂花のめぐりを

――吃音で、呼んでいるのは

懐かしい
あの、散々《さんざん》ぬけるような　空あいの……

ゆきのような
　ゆきのような

あの日の、半拍ずらし

しろい橋場の靈、河口で

銀杏を齧ると、とうもろこしの味がした
——風除《よ》けが騒ぐ、しろい橋場には

下へ　湾曲している（うらの、）
とめどもない呼び子よ

それは銅青。緑水。川狩。
——どうせい、みどりみず、かわせせり

透《す》かしたり、透かさなかったり
（岩蔭で、）

青鷺がゆく　淡い逃げ水のなか……
——どうせい、みどりみず、かわせせり

舷側の、さみしい象虫《ゾウムシ》
（ゆきかえるものや）

深く傷つけられた、とてもぶきような、
あなたの　その言葉で

——遠《お》ち近《こ》ち……
ほめく残花
（生き死に、）（瞼……）

外へとまた反りかえっている、小窓の縁どり
――花冷えの、やわいひかがみよ

遠浅の砂州
陽光がわかれ、斑《まだら》
薄《うつす》ら
花になる芽（、めよ）

無性にふるえている
あなたは　ふたつにもなれない

皮膚を裏がえした子が、
こっちを見ている（くろく爛《ただ》れ　仰向《あおむ》けで、……）

物の芽、褐色の子が
（、めよ）

あなたが、かつて住んでいた露地へ（曙色《あけぼのいろ》の……、）
きっと吹きだすもの

わたしは　また、河口で
（口籠《くぐも》って）

踊りながら、瓜実顔《うりざねがお》の子が笑った
肉の中身を　いまふいに捨てた
——いかないで……

掻《か》き毟《むし》ったんだ
——いっそのこと　産みちらしたい！

巴文

（しろいはしばで）
蒔《ま》かずに　吹き散らしている、
靈のものを

あなたは、
流された子　　うつろ舟、浮かべて
――はしけよ　はしけ

枝《し》垂《だ》れる　しろい草のした

――さあ　おあがり
　　命の水を

沖へ流されていった、
あの　ゆきはぐれた
あのときの、
（あのときの……）　巴文《ともえもん》

——さよならは　けしていわない
手のり歌うたう　そっと幼子の傍で
天から、しろい魚を漁《すなど》る

あなたは　また、
口籠《くぐも》っては……また……

（末声さけび）
それは、透明な（とうめいな）
葉のふちの　薄さの
そのまたうすさのほうへ

紙背の子

そのまま　あなたの
抜け殻を　焼いてしまおうと
魂の根もとのほうを摘《っ》むんでは　又、
　　　浅瀬で、
陰の影を
　　赤く深めて

忘れられようとしている
虫くった、核　蝕《むし》り

——光の闇では、罪はつぐなわれない

いまでも　耳の奥に焼きついているのは、
柔らかな声　母の、あのゆるし
(崩れるほどに　やわらかな……)

からだと魂《み》
剝《む》きだしにして

柔らかい魂《み》
　　摘《つ》むんで
　　　　　　（数えられない……）

切ってもきれない、
　　　半切のかみ（赤い）
敗戦後書き変えられた、日本の歴史は宙吊りのままで

あのすみの（赤い）　あの忘れられない、
　たま　裸のみ

――いのち
　流れていくよ
黙《もだ》しがたいまでの、
　　　　　　　うすい吃音
魂の奥の、
　　　近視の遠樹
深く傾いたままの、
　　　　　　数えられない……
　　　　　　　　数えきれない
紙背の子
それは散りしぶいた　光の闇で

吹きぶり

水際
揺らしている

小さな鰭《ひれ》のようなものが
（未明）
流れて

物の芽、ものの文
薄《すすき》のたね

そのまま
ひとみ閉じたまま

こころもとない
（午前）
魂を通わせるだけ

浅い籔のなか、その片そばの淡い光

吹きぶり
あとのあどけない
（午後）
幼いあなたは　また
道草して、帰れないよ
漂う

性のない
土手の向こうで、泣いている

赤い耳石、もしくは魂の動き

亡くなった
子がつくる、　防潮堤
……はかない境内の　虐げられた肉よ
焼け爛《ただ》れながら
とてもせわしない鰯雲が
薄葉《うすは》のうら、
　　　　（しろい光が交叉している）

　吐きながら
　吐きながら

薇《ぜんまい》　栂《つが》の木の傍《そば》で
指笛を吹く
　あなたは、また唇を濡らしながら

うちひねり、手遊《すさ》び
一重草
ままかり
（……ふいにめまいがして、）

砂礫の浮き出した土

古字母のなか　子が一斉に孵《かえ》って

ああ　そこで息をつくというところでも
きっと転んでいるのだろう

魂《かた》まって、寄せあっていた
あの浅川の鯉
（うち捻《ひね》り、もつれあう）

薄い臙脂《えんじ》のかげ
――それは　あっちのおんもで

転寝《うたたね》
まろ甕《がめ》のなかで

月光の沁《し》みいる　青松虫

闇の　代《しろ》ものは一斉におちて

やさしい緑毛《みどりげ》　赤い耳石

死にたいほど傷つけられたこころは

あかつき

なぎさの

めの

はしを、

別の代《しろ》ものが騒ぐ

子魂

それは、濃い黄みの身の
悲しい塊

散り方の、さ迷う花びらよ
玄関先で　団子虫のすぐそばで

――おはよう
そして、おかえり……

四いろの莢《さや》よ

もののみわけもつかない
空鳴りにあなたはおびえて

白茶いろの、
ゆるんだ戸棚のなかで
　腐っている

光をつつみ
空に子魂が、　いっせいに浮かんでいて

　もう泣くしかない

黒猫

激しい雨の朝

孕んだうす青い　幼生
あなたは母に捨てられていた

軒の、うつしばな
裏葉いろの

うらのない、
透《しろ》い
　　しろい半紙

くろい肉
それはたえず、浸しもので
（さらしもので）
しきりに、肉体を寄せてくる
爪でかみをひきさく

緑の瞳

ああ
あの蔭よ
萍《うきくさ》の花よ
あの　くろい
甘い美しいかみ

夕影

その　やさしげな挿《さ》し色
蛹棄場のへびが、卵を産む
遠い　悲しげな涙色
たえず、それは浸《ひた》しもので
暁《あけ》の水皺《みじわ》か……（さみしい節歌うたいが………）
やましい半羽はまた飛ぶよ

母の声が、紙の裏からどよむ
夕影の光《かげ》　ちりり
……累層の三葉虫の　眠り
ちぎれた糸は、いにしえの蠶《かいこ》が食べつくす
（そっと食べつくす）
不安に満ちた片隅の世界で
ものの芽の　やや褐色の子が、
裏返しで　夏の日に孵る

さみしい

かみのうら
そこに密かに、込められたもの
淡淡しい　青墨色のにじみ
無性のかげが揺れる
ふともげた、子の肢や
——生きものの　さみしさよ

あ　ひのかげで、あ
　　　　　　　　反照が　ゆら
あなたは、摘み草に唇をあててさ

かみかたち　紙きり、
（……かみ　きり）

——泣けないほど　さみしい

苞葉《ほうよう》に包まれて
あなたは生きている

　生きている

かげうら

耳の底をかよう　はずむ静かなかたちで

虔《つつ》ましい　文《ふみ》（のなか）

虫の髭が樹影にそよめいて

あなたは、あかい紙子の服を着て（そっと歩き出す……）

揺れほそる　しろいかげうら

あちらの反照　あの汽水湖の岸で

（背《そが》いに）かげうらがふたつ、残っている
――性と食のあいだで　愛したい
（薄く光る、端本よ）

千生《な》りの、しろい（熟れ忘れた）かげうら
透いた鵯花　ひらく
柔らかい胚の、無性の目覚めか（しろい幼芽　ほぐされて）
耳の底　縁のさきが、したたっては
淡く揺れている

一花

一花　ふるえている、水のなか
（一つながりになって、あなたは　野づらで）

柔草に搦《から》めとられたような……
ひくく掠《かす》れている

法《ホウ》師《シ》蟬《ゼミ》が、汀を覆いつくしていた
（泣きはらしている）

耳から聞こえる　こえ
——なにもみえない

面《おもて》を　鮃《ヒラメ》の赤い血か、
しろい腹の霊《ち》が……

あなたは、震えている
（いや訥々《とつとつ》とあなたはしゃべった）

遠い汀で　流れるように
さまざまな孵化した子は、
一つながりになって　漂い
（あなたが必死に　庇《かば》いつづけた）

——咲いてるよ！
それは　白濁してゆく、意識のなかで

光のあとさき

――かえれない

それは　みいろの眼《まな》さき
あるいは、斜めさがりの

遠浅
蔽《おお》っている青い揺籃《ようらん》か

道のべの前触れ
淡黄色の　散りそうな花よ

左手の、あの纖《ほそ》い毛がぬけた
（またの世の）あさみどり

ふりこぼす
痛みに耐えかねて、また笑う

皺のない幼生よ
ほら　うすら眼を開けて

かえれないそこで
魂をまた、呼び返している
それは間の　また間のようなところの

窪んだ葉

それは、蕾《つぼ》んだ三叉路で
――し　にたい
黒い零余子《むかご》が、いま根を伸ばしては……

病んだ穂絮《ほわた》が飛ぶ、
――あなたに　あ　あいたい

爪のきわ　あなたのさかむけ
もののめ　あまりかみ、
ふちでうつされて
どもりながら
せあわせで

――　し　し　なないで

川を流れていくのは……
　真っ赤な躑躅《つつじ》の　狂い咲き、
　真っ赤な躑躅の　狂い咲き、

はしを代《しろ》ものが騒いで
（さわぐよ）
葉のうらで

文彩

芹《せり》を煮て、食べる
柔らかい土の器で

貝のかたちの　傍《かたわ》ら
もう鳴らされている

逝《ゆ》き集《つど》っている　枝さきで、
ひき結び、吹っかけ　うたう

濃《こま》やかな　こころ燈《とも》し
流れる水を、あなたはまた　ごくりと飲む

嗚呼《ああ》　しどろもどろの蜉蝣《かげろう》か、
あの石切り場の切っ先で
子どもを孵《かえ》す

……ゆきつどっているのは、もしや
双生の鳥か

（凍《し》み白菜）
淡い松露《しょうろ》　葉の縁で、しんとして

――だいじょうぶ
曝《さら》された、
桜の花びらで笛を鳴らす……
あなたが、
ぴい　と

紙背の子

性のない　穴

雄になりそびれた雌か、
行き場のない縁
性と性の間で

汽水魚がいく
（泣きながら　境を）

眠りにつくとき
あなたは（わたしは）、さみしいお結びをむすんで

土の湿っためぐり
底とそことが、繋がっている

裏のないうらで、
あなたは（わたしは）

風合いと質感
えもいわれぬ　色と香り
鮮やかさ
（灰色の響き）

さわりで、

瞬き
愛の糸すじ
巨きな割れ目が揺れて

根埋《い》け
——わたしは（あなたは）半分の性も生きられない

乳化する　血
翳りのあとで
ふるえ

傷みの、交わり
無性のまま
柔らかい薄さで

（お結びをほぐす）

穴が裏返っている

そこの透《しろ》いかみ
背ろから　子が覗いている

影青

半水生《はんすいせい》のあなたに、
そっと触れる

柔らかい
性のないあなたよ

影青《いんちん》は溶けて

血　涙　乳　精液……
からだを巡りゆくもの

　未声の　絶え間ないささやきの流れが

まだ顎《あご》のない魚が、頁岩のなかで
はさまれて、雄型　雌型になって

雌雄同体で、
植物と動物の間を生きる
海鞘《ホヤ》を剝《む》くよ

色のない実が　色のないあなたのそばで、
ゆきはぐれている

たねとたねとの間が、くびれている
ひっそりと身を寄せている

無花果《いちじく》の皮を剝《む》くひとよ
対をなし　囀《さえず》っている

性と性の
生と生の間で
あなたは、舞い散っている
ささめく小雨のなかを

空に沈む　影青

こえ

あなたが泣いている
とても聞こえないこえで

かんなづき　あめんぼ
（……妖《あや》しいかげ、）
それは、いのち　そのもののように

あなたの　やさしいこえ、
清濁《せいだく》あわせもつもの

（あおい空わたり）

子が揺れている、
ああ　あなたのすぐかたわらで……
さあ　おあがんなさい

風わたり

末生《うらな》りの　つるのさき――、
うすい実　しろい光よ

愛しい光

——鳥の子色の　あなた
泣いているのか

あの　しろい文字
　それから痺《しび》れるような、……

拉《ひし》がれている　そのひと
醜い諍《いさか》いのあとで

あなたは、
淡飴色《あわあめいろ》の巻き毛をなびかせて
摺《す》り足で　遠巻きな愛情を抱いて

さようなら

さようなら

一茎の、香炎

風のこえ

ああ　愛しい光

いま　いとしいひかりをみみにする

半羽

芽

あの子の、木魂がえし

さみしい

もののめの　うつしばなよ

騒がしい茂みの奥では、
赤い露岸を　半羽が走るよ
（はしる……、）
逢えるか

――やましいよ！

しろい
あのときの、忘れられない
うろ　虚くず

目の前で　追いつけない半羽が、
ななめ　うすいかげのほうへ
たんたんと
とぶ

紙背の子

とてもちいさい草の泡だちが、遠い汐《しお》のように……

肌理《きめ》こまやかな
飛蝗《バッタ》の腿《もも》

早熟の　にがい果肉は、

水陽炎《みずかげろう》　白壁の背《うし》ろへ

（逃げていく、緯糸《よこいと》としての）

ふいに　一滴《ひとしずく》の、かげ

ああ　また三角座りの、あの子よ
——死んでも帰れない

節ぶしに　ほそい微光が、

（そのそばで、しろい苞《ほう》がほぐれて）

悲しげな口もとで

白魂

あの子の、
　　　こだまがえし

乳のねばり
——子が子を産んだよ

あなたとわたしの、
二結《ふたつ》び文《ふみ》
　　なんどもなんどでも　数えている

斜めさがりの、毬花《きゅうか》よ
（緑の金魚の交尾）

それは人影の　うしろまで
（カミキリ虫の、卵の孵化）

しろい穂花がとぶ
ああ耐えきれない、涙が
（咳をして……）

せまい一方の、寒い蔕《へた》の透き間で

あの空あいで
ただ　ただ涙流れて
（ながれて……）

――死んでも、あなたを忘れない

——あなたには、年齢がない

ものの芽、ものの文
そこかしこ　したためられており、
——散々《さんざん》だな
　ああ　魂を通わせるだけ

あれは　あさみどりか、
そっと薄くなって

ちりぢりにされた、
無綴じの文が
（月の浅い光を浴びて……）

空に　しろい穂の花が、
黒くさえた涙が

無性のものたちに、
祈りを捧げる

半色

その光る子を　また
あやすつもりで
泣かせている

（かげで　疢《やま》しい、紙背の子が）

しろい包みが
破れかけた軒で、かげ揺らして
震えているので

——食べたいほど、あなたが愛おしい

白と黒の間
性のないひとが
（びしょびしょになる）

ピロピロ笛　吹き流して
また腓返《こむら》り

寄る辺ない魂が
ゆっくり引き寄せられている
逆しまに　叉
かげがかなしみをうつす
合わせ鏡になって

それが　紙入れか
半色《はしたいろ》よ

しろいかげが
めんめんと濠端に沿ってはっていて、
くすんだ光のほうへ
わたしはうつり
まくれるこえよ

枸杞《クコ》の葉に、あかい
　　　　透かし入りが

冷たい灰みの青
ほのぐらいほうへ
　ゆっくりと　はぐれていく

（あなたと　あの場所で
もう一度　逢うために）

回るよ風車《ふうしゃ》
黒猫が、毛もの道を跳んでいった
（三つの光は分かれて
牡猫のかげの　子殺しか）
共振《ともぶ》れの正午、
　　　　蜜蜂の羽ばたきが……

光る軒さきで　雀らは転げてくる
天気雨が降ってきた
あなたは　もうすぐ
帰ってくる

紙背の子

やっぱりまた
濡れそよいでいた
表で、
　ちりぢりのかみが

浅い川の縁で
あなたは、そっと屈《かが》んで
　懸命に掻《か》い撫《な》でするふりをして
（やっぱり、言いわすれたことが……）

——ああ耳をそばだてていたのか
まだ死にたくない　と

やみ　さくは、
紙背の子の
　　　無音のうぶごえか

浮かびあがる
（それはしろい）
とても愛しい、
　　　　　　未生の芽よ

濡れた
かみは　まだ
その　皺《しわ》くちゃなままで

しろい表で